To bed . . . OR ELSE!

Written by Ewa Lipniacka
Illustrated by Basia Bogdanowicz

Translated by Kanai Datta

Magi

হ্যানা!

HANNAH!

আশা আর হ্যানা পাশাপাশি বাড়িতে
থাকে।

Asha and Hannah lived next
door to each other.

ওরা দুজন খুব বন্ধু।

They were the best of friends.

ওরা একসাথে জন্মদিন করে। ওরা একে
অন্যের বই পড়ে। এমন কি ওরা একে
অন্যের খেলনা নিয়েও খেলা করে...
They shared a birthday.
They shared their books.
They even shared their toys . . .

...বেশির ভাগ সময়।

. . . most of the time.

ওদের মায়েরাও খুব বন্ধু এবং ওঁরাও বহু জিনিস ভাগাভাগি করেন– একে অন্যের বাচ্চাকেও দেখাশোনা করেন। হ্যানার মাকে সন্ধ্যায় কোথাও যেতে হলে, হ্যানা আশার সাথে থাকে।

Their mums were also friends and they shared, too – they shared their children. If Hannah's mum had to go out in the evening, Hannah stayed with Asha.

আবার আশার মাকে সন্ধ্যা পর্যন্ত কাজ করতে হলে,

And if Asha's mum had to work late,

আশা ওর নিজের দু'একটা জিনিস নিয়ে চলে আসে
হ্যানার সাথে থাকতে।

Asha moved in, with just a few of her things,
to stay at Hannah's.

কিন্তু যতই ওরা এক সাথে থাকে ততই ওদের গোলমাল বেরে যায়। এইরকম একদিন রাত্রে হ্যানার মা ওদের কোনমতেই বিছানায় শোয়াতে পারলেন না।

But the more they were together, the noisier they became. One night Hannah's mum just could not get them to bed.

উঁনি ওদের একটা গল্প
পড়ে শোনালেন...

She read them a story . . .

তারপর আর একটা...

then another . . .

এবং আর একটা।

and another.

গলায় ব্যথা না করা অবধি উঁনি ওদের গান শোনালেন,

She sang them songs till her throat was sore,

এবং দেওয়ালে ছায়া ফেলে দেখালেন...

and made shadows on the wall . . .

... কিন্তু তবুও ওরা ঘুমাবে না।

. . . and still they would not sleep.

ফলে এরপর উঁনি ভীষণ রেগে উঠলেন। চিৎকার করে বললেন,
"ঐ শেষ! আমি তিন গোনার মধ্যে তোমরা দুজনে বিছানায় চলে যাবে, এবং
ঘুমিয়ে পড়বে...তা না হলে!!!"

So then she got very cross. "That's it!" she shouted.
"By the time I count to three, you two will be in bed,
and asleep . . . OR ELSE! ! !"

"তা না হলে – কি হবে?" আশা ও হ্যানা দুজনে একসাথে জিজ্ঞেস করে উঠল।
"এ–এ–ক" হ্যানার মা রান্নাঘরের দিকে যেতে যেতে চিৎকার করে বললেন।
"হ্যানা, উঁনি **তা না হলে** – তে পৌঁছে গেলে কি হবে?"

"OR ELSE – what?" asked Asha and Hannah, together.

"O–N–E!" yelled Hannah's mum, heading for the kitchen.

"What happens when she gets to OR ELSEs, Hannah?"

হ্যানা বলল, "উঁনি সাধারণত খুব চেঁচামেচি করেন।"

আশা বলে ওঠে, "সেটা তো **তা না হলে** - র তুলনায় কিছুই নয়।

তা না হলে - টা এর চেয়ে অনেক অনেক বেশি ভয়ের ব্যাপার।"

"She usually just shouts a lot," said Hannah.

"That's not bad enough for an OR ELSE," cried Asha.

"OR ELSEs are much, much worse than that."

‘‘উঁনি তো আমাদের বাইরে ডাস্টম্যানদের কাছে দিয়ে দিতে পারেন।’’

“She might put us out for the dustmen.”

"উঁনি তোমার সমস্ত খেলনাপাতি একটা জাম্বল সেলে দিয়ে
দিতে পারেন। সেটাই ঠিক একটা **তা না হলে** হতে পারে।"

"She could give away all your toys to a jumble sale.
That's a really mean OR ELSE."

"দু–ই–ই!"

"T–W–O!"

"আমাদের আর কখনই হয়ত উঁনি আইসক্রীম কিনে দেবেন না...

"She might never, ever buy us ice cream again . . .

...আর তার বদলে দেবেন বিচ্ছিরি অষুধ।"

"আ–ড়া–ই–ই!"

. . . and give us horrible medicine instead."

"TWO–AND–A–HALF!"

"হ্যানা, উঁনি কি **তা না হলে**-র ম্যাজিক করতে
পারেন? আমাদের ব্যাঙ্ বানিয়ে দিতে পারেন?"

"Hannah, can she do magic OR ELSEs?
Could she turn us into frogs?"

"পৌনে তি-ই-ন!"

"TWO–AND–THREE–QUARTERS!"

"উঁনি যদি আমাদের পাই বানিয়ে
তারপর সব খেয়ে ফেলেন,
তাহলে কি হবে?"
"সেটা উঁনি করবেন না,
করবেন কি?" হ্যানা বলল।
ভয়ে ভয়ে আশা বলল,
"করলেও করতে পারেন...।"

"What if she baked us in a pie and ate us all up?"
"She wouldn't, would she?" said Hannah.
"She just might . . ." worried Asha.

"হ্যানা, আমার ভয় করছে,
আমি ঐ **তা না হলে** টা
মোটেই পছন্দ করি না।"
"আমিও না।"
"এসো, আমরা ঘুমিয়ে
পড়ি, খুব তাড়াতাড়ি।"
"হ্যাঁ, তাই করো।"

"Hannah, I'm scared. I don't think I like OR ELSEs."
"Me neither."
"Let's go to sleep – very, very quickly."
"Yes, let's."

এবং সত্যি সত্যিই ওরা তাই করল।

And believe it or not – they did.

হ্যানার মা ভাবলেন, ''অবশেষে শান্তি এল,''
তারপর সব গুছিয়ে ওদের বিছানা গুঁজে দিলেন।
 ''যাক্, খুব পার পেয়ে গেলাম...''
"Peace at last," thought Hannah's mum,
as she cleared up the mess and tucked them in.
"Another lucky escape . . ."

"ওরা এর পরও না ঘুমালে আমি যে কি করতাম
তা জানি না!"

"I just don't know what I would have done
if they hadn't gone to sleep!"